Loi N° 49 956 du 16 juillet 1949,
sur les publications destinées à la jeunesse:
mars 1997.
Dépôt légal: mars 1997

Mise en pages: *Architexte,* Bruxelles
Photogravure: *Photolitho AG,* Gossau-Zürich
Imprimé en Italie par *Grafiche AZ,* Vérone

Pizza Quatre Saisons

Texte de Cornette
illustrations de Rochette

PASTEL
l'école des loisirs

Dino est un petit dinosaure qui vit tout seul dans un grand appartement.
Dino s'ennuie depuis que les autres dinosaures ont disparu, il y a des millions d'années.

Dino rêve de manger une pizza.
Il n'en a jamais mangé, mais il sait qu'il aime ça.
C'est normal: tous les enfants adorent les pizzas.

Souvent, Dino regarde le tapis rond
et imagine une immense pizza.

Dino n'a jamais mangé que des petits-beurre.
Les petits-beurre, c'est bon, mais à tous les repas,
pendant des millions d'années, c'est trop !

«Pourquoi tous les enfants mangeraient des pizzas et pas moi ?» se demande Dino. «Il faut changer cela !»

Pour la première fois depuis des milliers d'années, le petit dinosaure sort de chez lui. Guidé par son flair préhistorique, il marche dans la rue à la recherche d'une pizzeria…

PIZZERIA . IL

«Au secours, un dinosaure!» crie le pizzaiolo.
«Il va nous dévorer tout cru!»
«N'ayez pas peur, Monsieur. Je ne suis qu'un tout petit dinosaure et je veux juste manger une pizza.»
«Ah bon!» dit le pizzaiolo... «Bolognaise, Regina, Margherita ou Quatre Saisons?»

Quatre Saisons ?
Dino imagine une énorme pizza qui durera toute l'année : automne, hiver, printemps, été.
«Quatre Saisons, bien sûr !» dit-il…

«La pizza est prête», dit le pizzaiolo.
«Il ne vous reste plus qu'à la payer…»
«Payer ? Mais les dinosaures n'ont pas d'argent !
Ça fait des millions d'années que les dinosaures
n'ont pas le moindre centime !»
«Pas d'argent, pas de pizza ! Dehors !» crie le pizzaiolo.

Et Dino se retrouve seul dans la rue.
«Je ne mangerai jamais que des petits-beurre!»
se dit-il tristement.
À ce moment, il entend une voix: «Ciao, Dino!»
«Quelqu'un m'appelle?»

«Je suis Bruno le brunosaure…»
«Les brunosaures n'existent pas!»
«Bien sûr que si! Je suis un dinosaure italien!»
«Italien? Mais alors, tu sais faire les pizzas?»
«Et comment! C'est ma spécialité!»

Dino a trouvé un ami.
Bruno aussi.
Ensemble, ils ont inventé une nouvelle recette fantastique: la pizza Quatre Millions de Saisons.